Распродаја душе

Распродаја душе

Оливер Јанковић

Globland Books

Докле ћемо зарад трошног тела
продавати душу?

Аутор.

КОНСТАНТИН

За Константина је тај дан био од изузетног значаја, међутим, он о томе није имао појма. Играо се прстићима и зачуђено гледао у љубопитљива лица која су га окруживала.

— Одабери сине своју судбину — нуткала га је мајка.

— Соколе дедин, узми неки мушки занат.

— Узми књигу, душо бабина. Што да се мучиш у животу.

У колевци око Константина били су распоређени: чекић, игла, дрвена оловка везана за парче чвршћег папира, књига и усна хармоника...

Машући около рукицама, дедин соко узме иглу и замало се не убоде. Баба му је узе на време из руке.

— Боље да је узео хармонику — незадовољно промрмља отац.

— Ако, није лоше бити кројач — смешкала се мајка. По дедином и бабином лицу видело се да су и они релативно задовољни.

Кад су се већ спремали да покупе предмете из колевке, Константин зграби левом рукицом оловку, а десном папир и поче нешто да жврља.

— Шта је сад то? — збуни се деда, који је већ хтео да наздрави будућем кројачу.

— Чекај... изгледа као да је нешто написао — отац узе да погледа папир.

У Константиновој малој шаци остаде оловчица коју је он окретао и разгледао, а затим је стрпао у уста.

— Јао сине! — врисну мајка и заједно с бабом поче да му вади оловку из уста. Константин се отимао, поплавео и најзад отворио уста. Тако је остао без своје играчке.

За то време отац и деда су окретали папир и стално им се чинило да само што нису успели да одгонетну Константинов „запис”.

— Ово је као „а”, а ово је право правцато „с”. А када се погледа из другог угла... као да... —

чешкао се отац по глави. — Никада нисам чуо да беба може тако нешто да напише.

— „Аста” или „Аска”, тако нешто пише — вајкао се деда. — Чудан случај. Можда ће Константин бити генијалан... Него, да ми залијемо...

Ускоро се одрасли прихватише пива, а Константин, уморан од перипетија, чврсто заспа.

* * *

Први следећи сусрет са иглом Константин је имао кад се уписао на кројачки занат. Све му је ишло од игле и једини прави проблем бејаше тај, што је био левак.

— Ма добро је то што радиш — имао је обичај да каже мајстор Жаре. — Није да није, ал’ ћеш се намучити више него други због леве руке.

Кад је напунио осамнаест година родитељи му купише „сингерицу” и Константин поче да зарађује свој хлеб у кројачкој радионици. Поготову се извештио у кројењу и шивењу мушких, црних одела, те људи из кварта почеше да их наручују приликом сахрана.

* * *

Око своје двадесет пете године стаде да размишља о женидби. Међутим, једна друга ствар поче много више да му заокупља пажњу. Једне ноћи осети неиздржив свраб на длану леве руке. Привијао је разне мелеме, од доктора је добио неку маст, али ништа није помогло. После неколико мучних дана сасвим случајно нађе лек. Да смањи нервозу узе да обрће оловку по прстима и свраб поче да нестаје. С нестанком свраба осети јаку жељу за писањем.

Писао је без претходног осмишљавања — само оно што му је падало на памет. Приликом читања дешавало се да не може да прочита неке речи. Када би их касније одгонетнуо, неке друге речи би биле нечитке, те би тако код сваког читања реченице добијале другачије значење. То га је веома зачудило. Просто није знао шта да мисли о томе па се пожалио оцу. Овај само одмахну руком и преко воље рече:

— Било би боље да си онда, у колевци, узео усну хармонику... А можда се то дешава због тога што пишеш левом руком. Покушај десном.

Константин с муком поче да барата оловком у десној руци. Слова као да су одбијала да се формирају. Речи су се слагале у неповезане реченице. Када би ту исту реченицу преписао левом руком, она је постајала много смисленија и јаснија.

Онда се у његовој глави роди идеја — о неопходности издавања рукописа... Издавачке куће су га, као што то уобичајено чине, уљудно одбијале, и он је био приморан да одвоји новац од свог шнајдераја.

Када се појавила књига — била је различито прихваћена. Међутим, није била реч само о неколицини књижевних критичара, него и о хиљаду осталих читалаца, јер је толики био тираж. Свако од њих је на свој начин тумачио речи и одгонетао реченице. Код поновног читања садржај би се донекле разликовао и читалац се не би могао заклети да је то она иста књига од јуче.

Људи почеше да верују да се примерци

међусобно разликују, па почеше да их међусобно размењују.

Константин покуша да измени и поједностави стил писања. У ту сврху обрнуо је редослед рада: уместо ноћу, писао је дању, а кројио и шио ноћу.

Као последица тога био је принуђен да шије бела одела, јер ноћу ни уз најбоље осветљење не би успевао да изађе на крај са црним концем и штофом.

Текстови писани дању имали су у себи више сунца, али постали су сувише прозирни и мисаоно плитки. Изгубио се онај дубоки, запретени смисао и патина која се таложила међу ноћним реченицама.

Након тога, Константин је покушао да престане с писањем. Првог дана није осећао никакве промене, али већ сутрадан длан је почео да га сврби, а он га је чешао врхом златног пеликановог наливпера. Трећег дана гушио је сврб тако што је убадао перо у длан, а четвртог више није издржао — опет је почео да пише.

Покушај да одустане од кројења и шивења био је успешан, али имао је једну неугодну, прозаичну страну — Константин је од нечег морао живети.

Решење се наметнуло само од себе. Њиме Константин није био нимало задовољан, али оно је омогућавало писање ноћних текстова и шивење црних одела.

У левој руци пенкало, десна рука на „сингерици”. Ноћу је више писао а мање шио, а дању обрнуто. Једва је стизао да одспава пар часова.

Како је време одмицало, одмори су бивали све краћи, а налети рада све бешњи и дужи. Ускоро се у књижарским излозима појавила још једна Константинова књига, а недуго затим још две. Све ове књиге доживеле су судбину прве — једни су их хвалили, други кудили, али нико није био равнодушан. Људи су их читали и у све бржем ритму мењали примерке. У градском парку могли су се понекад видети људи са два примерка Константинове књиге како их држе у рукама и истовремено читају.

Што се тиче црних одела, она су се толико прочула у другим квартовима, да је градом истовремено пролазило и по неколико стотина људи у Константиновим оделима. Суботом, када је обављан највећи број сахрана, град као да је био одевен у једно велико, црно одело.

Једне пролећне зоре, после неколико недеља непрекидног рада, Константин схвати да више не може да заустави пенкало и машину.

С муком одвоји руку од „сингерице” и обема рукама дохвати пенкало, које је још подрхтавало од писања. Једва га сломи и забоде у уста. Поплавео је као и пре низ година у колевци, само што сад није било никога да му извуче пенкало из уста. Крв и мастило направише ружну флеку, која поче да се шири преко текста и спушта низ машину.

ГОСПОДАР ВРЕМЕНА

Већ сто двадесет година вредне руке Молинаријевих навијале су сатове и подешавале тачна времена на њима. Сваког сата оглашавале су се десетине и десетине кукавица у њиховој кући на периферији града.

Од некада бројне породице остао је само стари Ђапето. Био је уморан не толико од сопствене старости, колико од силног времена које је протицало том кућом.

Прошло је око годину дана од када је затворио радњу у приземљу. Више нико није куповао велике зидне сатове. Електроника је надвладала прецизне мајсторове руке. Ђапету су само понекад доносили на поправку углавном оне исте сатове које је направио он, његов отац или деда. Једва је састављао крај с крајем...

Те вечери му је било посебно тешко на души. Покушао је да током дана прода неколико сатова осталим градским часовничарима. Дочекивали су га с осмехом, климали главама с разумевањем, али нико није хтео да купи сатове. Најдуже се задржао код Родариа, такође времешног господина. Уз капућино су се јадали један другоме.

— Наш занат изумире, маестро, то обојица знамо. Ево, показаћу вам шта данас евентуално може да се прода.

Родарио оде иза паравана и донесе сат од месинга, са мало мермера и нешто пластике.

— Кич — једва прозбори Ђапето.

— Прави кич, маестро — сложи се Родарио.

— Ту нема мириса дрвета и топлине његових боја. Мене је просто срамота што морам да склапам такве бастарде, али живот је такав.

— Шта би рекли стари мајстори када би видели овако нешто — уздахну Ђапето.

— Лично мислим да је боље што нису више међу живима. Они би свисли од муке кад би видели да пластика и месинг одбројавају данашње време.

— Никако не могу да се навикнем на кварцне механизме и те проклете батерије... Треба направити нешто што ће засенити те скоројевиће, те обожаваоце месинганог телета.

— У праву сте, али шта. Осим тога, да ли ће признати да су засењени?

— Вероватно неће, али би требало нешто направити — остао је упоран Ђапето.

Дошао је кући предвече без пара. Било га је срамота да позајми од Родариа. Неке вредније ствари из куће продао је већ раније, а сама кућа је била под хипотеком.

Дуго је стајао на балкону и посматрао град који је тонуо у сан. Нешто после поноћи се трже и жустрим корацима оде у радионицу.

Донесе десетак великих сатова и поче комплетно да их расклапа. Радио је то као у неком трансу. Покрети његових руку, већ унапред одређени и осмишљени, били су као у месечара. У души му је расла плима беса и мржње. Што је срџба била већа, тим је више снаге и енергије уносио у покрете. Мозгом су му попут варница пролазиле мисли које су осликавале његову разљућену душу.

Сад ћете видети бедници ко је и шта може да уради Ђапето Молинари. Застаће вам дах у грудима, а срце занемоћати од дивљења. Не, не, маестро Родарио, они неће признати да су засењени... они то неће моћи сакрити...

Из сатова је вадио кукавице, скидао седеф са њих, премештао рубине. Дело његових месечарских руку мало-помало је расло и добијало некакву форму. Како је посао више одмицао, Ђапето је осетио потребу да своје мисли изрази гласно. Прво је то чинио шапатом, а онда све гласније и гласније, док најзад цела радионица није почела да одзвања од његове вике.

— Ево вам, ево! За вас нису кукавице, оне су превише фине... још мање је славуј, попут оног кога је маестро за кинеског цара направио. За вас је крик, писак грабљивице! Подарићу јој део моје гневне душе. Знам шта вама треба. То ћете и добити — нештедимице.

Јутро је већ стасало у преподне када је Ђапето

најзад покрио чаршавом своје ноћно чедо и отишао да спава.

— Чика Ђапето! — звала су га као и обично деца с улице. — Отворите прозор да чујемо ваше кукавице.

— Одлазите! Нема више никаквих кукавица! — љутито им одбруси старац.

Тог поподнева ставио је сат на колица и онако умотаног у чаршав одгурао га до Родариове радње.

— Тако вам Бога, Ђапето, шта је то?! — зачуди се Родарио. — Је л' то сат или ормар?

— Ставите га у излог и скините чаршав — замоли маестро.

— О Богородице! — занеме Родарио од чуда кад скиде чаршав. — Па нисте ми рекли да имате овако нешто монументално.

— Нисам ни имао — уморно признаде Ђапето.

— Да ли вам је добро? Врло лоше изгледате.

— Све је у реду. То је само замор. Радио сам целе ноћи.

Родарио је без речи гледао скоро два метра висок сат сав у седефу и месингу. На ивицама је био посут рубинима. Учини му се да вреди читаво богатство.

— А има ли кукавицу? — упита скоро бојажљиво.

— Не. Има нешто савременије — с горчином у гласу рече Ђапето. — Навићу га па ће почети да избија. Колико је? Четири?

Ђапето намести казаљке и подеси велики ланац са теговима.

Пред излогом Родариове радње почеше да се окупљају први знатижељници. Ускоро се врата на сату отворише и из сата изађе седефни соко опточен рубинима у природној величини. Рашири крила и пусти четири продорна, грабљива крика. Група људи пред излогом радње била је просто хипнотисана. Неко се кришом прекрсти.

— Ево вам мало кафе да се освежите — рече збуњени Родарио маестру. — Признајем... ја тако нешто нисам видео у животу. Тај соко толико плени својом појавом... просто као да хипнотише све око себе.

— Да... Добили су најзад оно што су тражили — прошапута Ђапето полако пијући кафу.

Кроз велику гомилу људи пред радњом проби се гроф Лука Костело, најугледнији грађанин.

— Ко је направио ово ремек-дело?

Родарио показа према Ђапету који је седео у фотељи и тешко дисао.

— Дозволите маестро — Кастело му приђе и дубоко се наклони пред њим. — Ово што сте ви направили није сат... То је чудо... фасцинација. Молим вас, продајте ми га. Само реците цену... То се новцем не може ни платити.

— Милијарду лира — прошапута Ђапето.

Родарио једва прогута пљувачку.

— Са задовољством — рече Кастело као да му је пао камен са срца. — То ћемо одмах регулисати са мојим адвокатом... Мислио сам да ћете тражити и више... Окрете се сату и поче да га опрезно, чак бојажљиво додирује.

Било је вече када се Ђапето полако вратио кући. После вечере гроф је инсистирао да га његов возач одвезе, али Ђапету је требао свеж ваздух.

Стојећи на балкону гледао је град с висине, презриво. Имао га је такорећи у шаци, али није био срећан због тога. Био је уморан. Толико исцрпљен, као да је сат правио не целе ноћи, него целог живота.

Кад је легао у кревет пред очи му изађоше његови расклопљени сатови и очерупане кукавице. Без седефних крила и ископаних рубинских окица.

Покушао је да се одбрани од њих стављајући дланове на лице, али оне га нису нападале. То му је још теже падало. Лебделе су у ваздуху онако тужне и осакаћене. Није имао снаге ни да уздахне, само је пожелео да се то протицање времена већ једном заврши...

АУРЕЛИО

Аурелио је живео у породичној кући у центру Ромара. Последњи потомак некада угледне породице дипломирао је историју уметности. Четврту деценију живота проводио је обилазећи музеје, читајући књиге и узгајајући руже. Онда, једног јутра, у Ромару освану црно јаје рата.

Екрани ТВ апарата у читавој земљи бојише се бојом крви. Спикери остарише преко ноћи, а гласови им напукоше.

Недуго затим умрла је Аурелиева баба Сандра, код које је често одлазио на периферију Ромара. Пре но што ће умрети она му дошапну: „Немој се пуно бринути. После рата обично долазе нека боља времена".

Аурелио поче да живи скромније и повученије. Месеци су се спојили у године, а године почеше да се ближе ка деценији. Рат је пламтео свом жестином, а бољим временима ни трага.

Једног предвечерја, осам година након избијања рата, Аурелио је по први пут заиста био очајан. Није имао у кући ни мрвицу хране. Књиге и слике је већ раније јефтино продао, а требао је да врати и повећи дуг.

У једном тренутку сетио се речи своје бабе: „Довољно је само јако пожелети нешто и то ће се остварити”.

„Када бих имао још мало злата да продам. Макар трунчицу”, пожеле од свег срца. Наравно, није га имао. Продао је све до последњег ланчића и прстена, још првих година рата.

Надолазећа ноћ за Аурелиа беше тешка и кошмарна. Поново је преживљавао прве месеце и године. Покушавао је да заради бар за храну, али безуспешно. Једино што је знао да ради — да гаји руже – ником није требало у та времена.

„Ах, да ми је бар трунчица злата.” Та мисао му се до пред зору мотала по глави, а онда га обузе тежак сан без снова.

Пробудило га је сивило јесењег преподнева.

Док се умивао поглед му паде на мали прст леве руке. Није се савијао са осталим прстима. Био је некако метaлне — жућкасте боје. Опипа га и тог тренутка га обузе ужас — није осећао свој прст.

Кад се после неког времена прибрао, поче да се занима за врсту метала у који се претворио његов прст.

— Боја одговара, али морам бити сигуран — прошапута за себе Аурелио.

Међу златарским алатом свог покојног ујака нађе и бочицу „царске воде”. Ставио је прст у њу и уздахнуо с олакшањем. Да, то је то. — Ако му се прст претворио у метал, мала утеха у целом том невероватном догађају била је та, да је метал био племенит.

Целог дана се мотао по кући и дворишту. Сто пута је захвалио баба-Сандри на њеном савету и сто пута га је обузимала зебња и паника. А ако се процес сам настави без контроле... и прошири?

Гладовао је и ломио се целог дана. Предвече наглим и сигурним покретом клешта одсече мали прст и упути се златару.

Успут га, накратко, обузе до тад непознат

осећај. Доживљавао је себе као скрнавитеља и самоубицу. Кораци су му били пуни олова, али није мењао свој циљ.

Од златара се вратио исцрпљен и лак. Успут је купио себи брдо хране и пића.

Сутрадан врати дуг. Набави беле рукавице, а уместо малог прста стави дугуљасто парче дрвета. Уосталом, град је био пун инвалида, људи с протезама, рукавицама и повезима преко очију.

Поново повративши душевну равнотежу, Аурелио се увече запита, није ли ово наговештај оних времена о којима је говорила баба Сандра.

* * *

Дани и недеље су почели да пролазе спокојније, испуњени неким једва приметним оптимизмом. Аурелио чак купи неколико књига и вечери почеше да му личе на оне старе, предратне.

Свакодневица је, међутим, грабила даље. Рат више није буктао, али није битније ни јењавао.

Како је дошао — од прста — новац се — измигољио — кроз прсте.

Аурелио ухвати себе како све чешће размишља о томе, да ионако ништа не зна да ради рукама — поготову левом руком, којом заправо више придржава ствари.

Најзад, поновила се ноћ слична оној претходној, само мање драматична. Његове молбе упућене *непознатом* биле су исто тако ревносне и усрдне, али над њима је лебдео оптимизам и трачак извесности у коначни исход. Опет се завршило сном без снова и јутарњим умивањем.

Домали прст је био скоро дупло тежи од малог и идући према златару, Аурелио је највише размишљао о томе, колико ће добити овог пута. Све остало је било потиснуто у други план.

Вративши се од златара, Аурелио је дозволио себи луксуз — вечеру у најбољем градском хотелу.

* * *

Набавио је доста нових књига, међутим, није

уживао у читању као раније. Сметао му је неред у кући, запуштено двориште, оронула фасада...

Преко агенције је изнајмио собарицу, куварицу и спољног момка који је истовремено био и баштован. Оброци су постали изврсни, али нико није седео са друге стране великог, овалног породичног стола. Опет му је у помоћ прискочила агенција: за дружење је одабрао привлачну мулаткињу.

Вреле ноћи и нежна јутарња буђења давале су нову димензију његовом животу. Хармоничан и страствен период потрајао је само до оног дана када је са пратиљом отишао у казино. Тек је ту открио њену праву пожуду — сласт хазарда. Израз њеног лица, док је седела поред рулета, толико га је узбуђивао, да то уживање није себи могао да ускрати.

Недеље су пролазиле — дугови расли. Једног јутра, уместо леве шаке ставио је металну протезу.

После извесног времена посетио га је знанац и замолио га да приложи нешто новца у хуманитарне сврхе. Аурелио је био галантан. Знанац га је посетио и пред (наравно, због ратних околности) ванредне општинске изборе... убеђивао га је... молио. Аурелио се дуго ломио. Чинило му се да се уплиће у нешто у чему не налази себе, али то га је истовремено јако привлачило.

* * *

Догађаји су почели да се нижу један за другим тако брзо — да је изгледало да их више не држи у рукама — или боље речено руци, јер је уместо леве руке ставио дрвену протезу.

Купио је нову, велику кућу са пуно послуге. Мулаткиња је постала најотменија дама у Ромару, а он председник највеће градске општине.

Тек у ретким тренуцима узимао би Сандрину слику и дуго је гледао. „Бако, времена су остала иста, али ја сам се променио и променио сам свој живот”, помишљао је не без извесне гордости. „Нисам више периферни остатак некад угледне породице. Центар је тамо где ја стојим, а остали се окрећу око мене.”

* * *

Кроз извесно време градом су почеле да круже приче о необичној болести новог градоначелника. Аурелиу није падало на памет да обраћа пажњу на њих. Доиста, незнатно је храмао на леву ногу, али набавио је себи најсавременију протезу.

Пред њим је стајао читав низ задатака: почев од тога да се бар мало подстакне утихли рат, јер је остало још оружја које је требало продати, па до наредних председничких избора.

У мају месецу, седамнаесте године од избијања рата, народ је овацијама дочекао новог председника. Додуше, он се тешко кретао и устајао са столице (зли језици су говорили да уместо ногу има протезе), али народ није марио за то.

Привреда се оснажила, плате су постале дупло веће, а инвалиднине су утростручене. Истини за вољу, рат није био сасвим окончан, али је био маргинализован на само једно погранично подручје и више је личио на комшијско пушкарање и препуцавање. Водила га је шака плаћеника, па зато народ више није ни обраћао пажњу на њега.

Благостање је потрајало скоро две године, а онда је сиромаштво поново закуцало на врата. Талас штрајкова запљусну целу земљу. Поче да се зуцка о смени председника.

Онда, једног јутра, цело становништво би шокирано вешћу из новина: *Председник Аурелио Ј. С. нађен је мртав у својој резиденцији.*

Оно што је сазнао само узак круг људи било је још шокантније: председник је нађен с ножем у руци и распорене утробе. У левој руци — протези, држао је бубрег извађен из тела, који се већ претворио у злато.

МАГНОЛИЈА

Након очеве смрти Виктор је наследио кућу са великим двориштем у спокојној градској четврти.

— Собу са источне стране преуредићу у атеље — рекао је Виктор. — Сликаћу само ујутру. Тада најбоље осећам боје.

— Уради како желиш. Кућа је довољно велика — сложила се његова жена Фелиција.

Долазило је пролеће. Шетајући баштом они су уживали у свим његовим благодетима.

— Знаш, одувек ми је био сан да у дворишту имам магнолију — рече Виктор. — Желим да је насликам наслањајући штафелај на само дрво.

Пошто је на травњаку испред куће његов отац засадио неколико борова, одлучили су да магнолију посаде иза куће.

Копајући јаму за садницу Виктор будаком удари о нешто тврдо. Донесе ашов и поче пажљиво да опкопава. Убрзо виде да се ради о малом, дрвеном сандуку, окованом по ивицама гвожђем које је рђа добрано начела. Већ скоро распаднути катанац попустио је од прве. Виктор унутра пронађе врећицу од воштаног платна. Развезавши је, у њој нађе и другу, а у тој другој гомилицу дуката.

Лагано се обазре на све стране. Није било радозналих погледа. Дукати су сијали мутним сјајем. Баци летимичан поглед на њих, извади један и стави га у џеп. Хитро завеза врећице, врати их у сандук, а сандук положи у јаму. Поред сандука стави младу садницу и затрпа је растреситом земљом.

До дубоко у ноћ превртао је златник по прстима. Није се разумео у стари новац, али лик на монети га је подсећао на профил Фрање Јосифа.

Кад Фелиција отвори врата атељеа он брзо склони дукат.

— Не спава ти се?

— Не. А шта ти радиш?

— Исправљам писмене.

— Коју тему си им задала?

— Магнолија... Оригинално, зар не?

Чувши то, Виктор се на тренутак трже, а онда се насмеши.

— Можда би било боље да су твоји ученици ту тему добили од наставника ликовног.

* * *

Пролеће је ступало кораком чаробњака и све што би дотицало претварало се у раскош.

Виктор је сваког јутра све раније хрлио у атеље. Међутим, златник у џепу као да је претезао... Одмерен и чист потез кичице губио је на снази и оштрини. Боје су биле замућене.

Ноћу је почео да се буди... Сањао је да неко прескаче ограду и шуња се према магнолији.

— Шта то тајиш од мене? — упита га Фелиција једне вечери гласом у коме је препознао њено наслућивање.

— Ништа... Пролеће уноси немир у моје боје. Као да ме четкица и платно не препознају.

— А ја мислим да је ово узрок твог немира —

рече Фелиција и стави дукат на сто. — Одакле ти ово?

Био је сасвим затечен. У жељи да сакрије дукат на сигурно место затурио га је и Фелиција га је нашла.

— Мислио сам да ће бити најбоље — рече Виктор попустљиво, остављајући места за одступницу — да ти о томе не причам... Ето, било би боље да се то није десило.

— А шта се десило?! Не дозвољавам да од мене кријеш ствари које су можда важне.

Виктор јој у неколико речи исприча недавни догађај.

— И хтео си да прећутиш да смо одједном постали богати?! Зашто? Можда си желео да богатство задржиш за себе?

Виктор је у њеном гласу поред прекора осетио и звук срџбе.

— Мислио сам да нас та гомилица дуката не би учинила срећнијим, ни пуно богатијим. Дукати вероватно припадају претходном власнику куће.

— Ти ниси нормалан! Срећа нам се најзад осмехнула, а ти тако...

— Али...

— Купићемо нова кола. Напустићу школу. Организоваћемо себи бољи и богатији живот.

— Бојим се да ме ниси разумела. Не могу да сликам од кад сам их нашао.

Фелиција начини подсмешљив гест руком.

— Ти ионако то радиш из хобија. Да смо живели само од продаје твојих слика већ би одавно били на просјачком штапу... Иди и ископај златнике!

— Не! — категорички одби Виктор. — Ја сам их вратио у земљу јер нису моји... Ти ако желиш...

— Наравно да желим! Донеси ми ашов или лопату!

Фелиција се с ашовом и батеријом упути иза куће, а Виктор заривши лице у дланове остаде да седи у атељеу.

После дужег времена Фелиција се врати и просу дукате по столу. Пажљиво је бројала. Виктору се чинило да их има око педесет.

— Мислио сам да те после осам година брака добро познајем — с тугом у гласу констатова Виктор.

— Ето, изгледа да ни ја тебе нисам довољно упознала — опоро рече Фелиција.

Ту ноћ су провели у одвојеним собама, борећи се свако са својим мислима. Следећег јутра уместо Фелиције затекао је њено опроштајно писмо:

После свега што се догодило мислим да наш заједнички живот више нема никаквог смисла. Можда смо обоје били сувише себични, али изгледа да смо овакав исход кришом прижељкивали. Сада ћеш моћи да сликаш до миле воље — само то си умео и волео да радиш целог живота, а ја ћу се најзад решити тих досадних клинаца. Одморићу свој слух и живце од школског звона.

Узела сам кола (сматрам да сам их заслужила, да не кажем зарадила). Остај ми збогом. Сада више не могу рећи ни воли те, ни твоја, већ само Фелиција.

Виктор није ни морао читати писмо. Још синоћ, док је лица заривеног у длакове покушавао да схвати шта се догађа, био је уверен да ће се све завршити нагло и болно. Гомилица злата је срушила читав његов породични живот у који је он веровао. Сада се показало да је тај живот био — само кула од карата.

Био је сигуран да је отишла код своје ћерке из првог брака Аделе у Рим. Знао је да је тамо може наћи. Такође је знао да је неће тражити.

* * *

У сумрак следећег дана неко је дуго звонио на капији. Није имао воље да устане и погледа ко је. Тек пар сати касније, када је изашао у башту да попуши цигарету, виде нешто беличасто закачено за капију. Под прстима му зашушта хартија. Улазећи у кућу журно отвори коверат. На телеграму боје увелог листа је писало:

Господине, ваша супруга Фелиција Корман погинула је у саобраћајном удесу 20 км од Сежане. Дођите што је могуће хитније... Прелетео је погледом преко неколико наредних редова ... *командир милицијске...*

Зграбио је секиру и истрчао у двориште. Замахнуо је јако, као да није у питању младица, него неко велико стабло. Кад је већ хтео да сјури секиру на доле, зачуо је неки унутрашњи шапат: „То није магнолија, то је судбина”.

Секира паде и тупо удари у земљу близу младице.

* * *

Након три пролећа магнолија је процветала. Десетак нежних цветова расуло се по невеликој крошњи. Виктор је изнео штафелај и наслонио га на младо дрво. Дуго је гледао како се јутарњи сунчеви зраци преплићу са крупним цветовима. Четкица је дуго лутала по палети тражећи праву нијансу, а онда се невољно приближила платну... Осетивши то, Виктор је врати крај палете и склопи штафелај. Док је кретао према боровима које је четкица сигурним потезима осликавала сваке зиме и пролећа, као да зачу знани шапат: „То није магнолија, то је судбина”.

ПАВЛЕ П. ПОПОВИЋ

I. дан

Ципеле су биле кожне са гуменим ђоном. Антонију се свидела њихова бордо боја и нов лак. Вратио се још једном и осмотрио неугледног продавца на ивици пијаце.

— Који су број?

— Не знам, мислим 42. Пробајте их.

На спецификацији написаној на страном језику („или су биле из иностранства или су прављене за страно тржиште", помисли Антоније) налазио се број 9. Биле су му таман. Пријањале су уз стопало и обухватале га меканом кожом. Наравно, мораће да их разгази.

— Колико тражиш?

— Двадесет марака.

— И десет ће бити доста.

Продавац искриви лице у незадовољну гримасу, али ипак пружи руку да узме новац.

— Него да нису?...

— Таман посла — брзо и суво одврати продавац. — Па видите да имају тај картон са бројем.

Антоније стави своје старе ципеле у кесу и зађе међу пијачне тезге.

Када дође кући намаза их и изгланца меком крпом. Учинише му се још лепше. После ручка, леже као и обично, да мало одспава. Овога пута послеподневно спавање продужило се чак до предвече. Један исти сан понављао се неколико пута: ишао је кроз некакав парк препун увелог лишћа и разгртао га својим новим ципелама. У једном тренутку би почео да упада у земљу. Трзао се сав у зноју, али није могао сасвим да се расани и сан се опет понављао...

II. дан

Освану лепо, јесење јутро. После прве кафе Антоније прошета по Калемегдану. Након тога крену насумице улицама. Променио је неколико аутобуса и обрео се пред Новим гробљем. Ни сам не знајући зашто, уђе и поче да разгледа споменике. После неког времена крену ка периферији гробља на којој су се ту и тамо виделе гробнице са свежим венцима. Кад је већ помислио да је време да заврши ову непланирану шетњу, ноге му саме застадоше пред великим спомеником од црног мермера. „Павле П. Поповић”, прочита Антоније мичући при том несвесно уснама. Изгледало је да је покојник сахрањен пре дан-два, јер је цвеће на венцима тек почело да вене.

„Зашто ли сам дошао баш овде”, помисли Антоније, ходајући полако ка излазу. „Могао сам се зауставити пред било којим спомеником.”

После ручка су га болеле ноге. Није много обраћао пажњу на то — данас је доста шетао. Ионако се већина шездесетогодишњака жали на болове у ногама. Зачудило га је нешто друго: начин на који су га болеле. Бол је полазио из сваког прста, скупљао се у средини стопала, а онда се уз листове пео ка бутинама.

Те вечери је рано легао и утонуо у тежак сан без снова.

III. дан

Освануло је суморно и расплинуто јутро. Капало је са кровова, из олука, сливало се са лишћа. Антоније је дуго и невољно устајао из кревета. Доручковао је без апетита и покушавао да се концентрише на неинтересантан ТВ програм.

„Штета што због кише не могу да још мало разгазим ципеле", помисли он гледајући кроз прозор. „У ствари, ако боље размислим, кад их очистим моћи ћу да их носим и по кући." Осмишљено — учињено... Дуго је крупним корацима пролазио с краја на крај стана. Чак је и кафу попио с ногу.

После два сата, осећајући замор и болове у ногама, али задовољан собом, скинуо је ципеле. По његовој процени требало је још три-четири дана да се потпуно разгазе.

Поподне се поновио сан од јуче: непознати парк пун сувог лишћа. У једном моменту почиње да упада у земљу. Ознојен и ломан пробудио се касно предвече.

Овога пута ТВ програм је био бољи, ипак то

га није спречило да поново заспи око двадесет два часа и утоне у сан без снова...

IV. дан

Кад се пробудио, веровао је да још сања — дрхтавица и ситни, учестани грчеви ломили су га по целом телу. Једва је успео да устане и скува чај. Топломер је показивао 38 ^{0}С. У тренуцима кад му је глава била бистра покушавао је да утврди разлог ове јаке прехладе. Ипак, то му није полазило за руком.

Поподне је чуо куцање у прозор. Био је то комшија који се огласио уњкавим гласом:

— Видим, два дана не излазите па сам вам купио хлеб и млеко.

— Ништа, ништа, мала прехлада — Антоније је дрхтавом руком узео кесу. — Пуно вам хвала.

— Комшије су зато да се помажу — удаљавајући се још једном зауњка комшијин глас.

Антонију од врућег млека би још топлије, али после тога утону у окрепљујући сан. Увече поново почеше дрхтавице и грчеви. Он их преброди у полубунилу, не пробудивши се сасвим.

V. и VI. дан

У наредна два дана за Антонија није постојала јасна разлика између дана и ноћи. Галопирајућим темпом кроз његов мозак и тело пролазили су болови, грозница, кошмари и ретки тренуци смирења. Време је изашло из својих оквира и чинило му се у појединим тренуцима да представља безобличну масу вате или магле.

VII. дан

У једном тренутку почело је негде нешто да куца. До његове свести је уз куцање допирао и уњкави глас.

— Комшија, оставио сам вам новине поред прозора. Да ли вам је боље?

— Мислим да ће ми данас бити боље — одговори Антоније прилично сигурним гласом.

Чврстина и одсечност сопственог гласа га

зачуди. После толико грозница и болова, глас му није деловао исцрпљено. Устао је и придржавајући се за столице трпезаријског стола дошао до прозора. Напољу се смешкало сунчано јутро.

Узео је новине и почео радознало да их прелистава. Политика, фељтони, писма читалаца... После неког времена хтеде да их остави, кад међу читуљама нађе један седмодневни помен. Лице човека са фотографије му је било непознато, али име и презиме — Павле П. Поповић — фабрикант обуће... „Чекај, чекај... пре пет или шест дана кад сам шетао гробљем... Да, да, без сумње је то био он — фабрикант обуће... Ала време брзо пролази", помисли Антоније.

Затим се тешким кораком упути ка купатилу... Када се враћао прође поред огледала у предсобљу и махинално се погледа. Оно што је угледао учинило му се невероватно. Рукавом пицаме поче нагло и успанично да брише огледало. Затим се уштину јако, до крви. Не, није сањао. Из огледала су га посматрале нечије туђе очи.

— Павле П. Поповић — промуца Антоније згрануто. Зажмури и јако протресе главом — опет исто... Ошамућен и шокиран крете у собу.

На трпезаријском столу у отвореном сандуку лежао је он — Павле П. Поповић у црном оделу, али без ципела. Тек тада је схватио да их ових неколико дана и нсћи није ни скидао с ногу.

Устукнуо је од тог призора, али ципеле га саме понесоше. Кад је привучен неодољивом силом ципела, пришао још једном, ковчег је био празан. Нога му сама закорачи на столицу и тада угледа да уместо пиџаме на себи има црно одело.

Од тог момента више се није опирао. Наместио се удобно у луксузном ковчегу. Ципеле су му савршено стајале на ногама. Уосталом, зар би он, фабрикант обуће, могао допустити себи да не носи савршене ципеле.

ЦВЕТ

Лукијан је тог јутра, као и свих јутара у протеклих двадесет година залио биљку. Врховима прстију додирну дрвенкасто стабалце не веће од педља. Листови резеда боје зањихаше се од тог додира. Изнад једног од њих примети задебљање попут бобице. Срце му затрепта од радости и притајене стрепње. „Значи, процветаће", помисли он. Затим је изашао на терасу и дуго гледао уснули, пролећни Дунав. Још понекад би се, у већ избледелој успомени, усред подневне јулске жеге појавио трг...

У једном углу трга мала пијаца — двадесетак тезги с воћем и поврћем. Поред једне тезге са чајевима, сушеним корењем и разним другим ситницама стајао је старац поодмаклих година. Са капуљачом и мантијом био би потпуни фрањевац, али фалио му је конопац око струка. Дуго је одмеравао Лукијана који се споро кретао међу тезгама. Кад је дошао до старчеве тезге, овај га је овлаш ухватио за надлактицу.

— Имам праву робу за вас — прошапутао је безубим устима.

— Али, ја заправо нисам хтео ништа... — одговори му такође на италијанском збуњени Лукијан. Јер, право буди речено, осим уметничких дела хуманизма и ренесансе у Италији, Лукијана је на овом свету мало шта интересовало. Због тога је и научио италијански, а у други брак, још краћи и неуспешнији од првог, ступио је с једном Сицилијанком.

— Ништа да купите... — прошапута старац настављајући његову реченицу. — Па, ја вам ништа и не продајем... ја вам поклањам... само ако сте спремни да узмете...

— Како... — прошапута збуњени Лукијан. — Можда вас нисам најбоље разумео... знате, мој италијански...

— Немојте се правдати — ободри га старац. — За једног странца ваш италијански је одличан. Ви сте ме разумели, али ме нисте схватили. Ја треба да семе ове биљке — ту старац показа на једну стабљичицу у саксији — дам неком ко ће је чувати и неговати. Неком ко ће јој бити веран много година.

Лукијан се загледа у скромну, малу стабљику резеда зелених листова, која је по лепоти далеко заостајала за многим врстама собног цвећа. Можда га је та једноставност, одсуство сваке посебности, привукло биљци. Осети како биљка почиње да му бива симпатична.

Старац је помно пратио израз Лукијановог лица и поглед којим је овај разгледао биљку. Као да је наслутио Лукијанова осећања.

Почео је да скупља робу са своје тезге.

— Хајдемо у таверну да се расхладимо вином.

Са врелог трга зађоше у сплет малих, хладовитих улица. У таверни са столовима од грубо отесаног дрвета запахну их киселкаст мирис младог вина. Старац даде знак отупелом дебељку и овај донесе два мала крчага са вином. Лукијан помириса и отпи мали гутљај — у односу на оно вино што је посвуда мирисало у таверни, ово се могло изнети и пред крунисане главе.

— Биљку ћете заливати сваког јутра, ево овом чашицом — старац стави стаклену посудицу на сто. — Једном годишње, у пролеће, промените јој земљу. Она ће једанпут, дај Боже, процветати. Убрзо после тога појавиће се мали плод, а у њему семенка као ова. — Старац из џепа извади семе тамне боје не веће од зрна пиринча. — Када се то деси потражите доброг и поузданог човека. Дајте му семе да засади нову биљку, као што ја вама сада дајем, јер... — старац замочи усне у крчаг са вином.

— Јер... шта? — инсистирао је Лукијан.

— Јер се може десити да ваша лета већ буду при крају.

— Да она случајно не изазива неке неповољне?...

— Сачувај Боже! Па зар бих је ја чувао толике године. Једноставно, њој треба много времена да процвета, као што нама, људима треба много времена да стекнемо искуство.

— А уколико не процвета?

— Било би ми јако жао ако се то деси. То би значило да биљка није добро негована или да се разболела, или, ко зна шта још може бити узрок томе. Тада бисте били лишени чудесне лепоте њеног цвета.

— Као они кактуси који ретко цветају... — додаде Лукијан.

— О, господине, господине! Немојте ми веровати, али ништа се не може упоредити са цветом ове биљке...

Растали су се као најбољи пријатељи. Лукијан је мало, тамно семе понео ка северу и обалама Дунава.

Приликом селидби, летовања и зимовања, биљка је била увек уз њега. Чак ју је свакодневно носио на посао и колеге из музеја су га сматрале чудаком. Понекад је и разговарао са њом. Рекао би јој своје мишљење о нечем, препричао неки догађај, или нешто констатовао. Али, реченица коју је најчешће изговарао гласила је: „Не знам да ли да се једног дана радујем твом цвету, или да стрепим од њега, јер то ће значити да су моја лета при крају”.

Сада, кад је то најзад почело да се догађа, радост и стрепња били су изједначенији но икад раније. Бобица је расла из дана у дан. (Лукијану се чинило из сата у сат.) Узео је годишњи одмор, што никад није чинио у пролеће, само да би се могао концентрисати на биљку и на моменат процветавања. Ноћу је навијао сат да га буди сваких пола сата, само да не пропусти тај тренутак.

Но, без обзира на толику предострожност, биљка га је изненадила. Једне зоре, исцрпљен од честих буђења, заспао је дуго и чврсто. Када се пробудио сунце је било већ високо, а пред њим се отварао раскошни цветић, не већи од љубичице.

Лукијан га пажљиво загледа са свих страна. Једна латица је била љубичаста, друга наранџаста, трећа црвена... Гледано с друге стране, љубичаста латица је била смарагдна, наранџаста је постала цинобер — жута. Кад год би променио угао посматрања, промениле су се и боје латица.

Лукијан је дуго и пажљиво гледао у ту живу палету боја. Најзад дође на помисао која није решавала тајну, али му је помогла да лакше прихвати велику необичност цвета. — У овом цвету садржане су боје свих цветова света. Затим се присети старчевих речи: „Тада бисте били лишени чудесне лепоте њеног цвета". Заиста... старац је био у праву.

Ношен неодољивом потребом за простором и свежим ваздухом, Лукијан скоро истрча на терасу. Гледао је Дунав и зеленило друге обале као хиљадама пута до тада. Међутим, сада је видео неке нијансе и тонове које никад раније није приметио. Не само да су боје тог света биле друкчије... наслућивао је да је и сам свет измењен... Стегао је ограду терасе тако јако да су му прсти побелели. Хладна, оштра језа прође му целим телом. Убрзо језу замени тупи, сладуњави бол у дну срца: „Свет је одувек био такав какав јесте, само га ја нисам могао спознати. Угао посматрања је био... незрео, ако се тако може рећи...", закључи Лукијан. Одједном му се хуманизам и ренесанса у Италији учинише само као делић онога што је требало проучити. Читав свет је био једна велика, неразлучива ренесанса: јединствен цвет коме је требало посветити много више пажње.

Помисао на цвет трже га из размишљања и он се врати у собу да још мало поужива у симфонији боја.

На своје запрепашћење, Лукијан примети да су латице пале у саксију. Биле су сивкасте и распадале су се у прах под опрезним додиром његових прстију.

„Значи, већ сутра-прекосутра ће плод", помисли Лукијан са жаљењем... „Да ми је остало бар мало више времена... Оваквим очима и умом бих...", срце му није дозволило да заврши мисао.

Сладуњав бол био је дужи и упорнији но малопре.

— Ево, ево — говорио је нечему што се већ надвијало над њим. — Сутра ћу бити спреман... изаћи ћу на трг, пијацу и чекати док плод не дам у праве руке...

Затим изађе на терасу да проведе дан уживајући у гледању и поимању тог новог-старог света чије је постојање тек данас открио...

ПРОБАЧ

Једног предвечерја кроз стари крај се пронесе глас: „Вратио се Срећко”. Преда мном у моменту оживе слика из најранијих дана: црна лимузина у коју зјакају знатижељници. Кроз прозор рука у белој рукавици баца бомбоне деци. Ми се залећемо и хватамо их још у ваздуху. Лимузина убрзава и подигавши прашину ишчезава из улице.

Без обзира на глас о Срећковом повратку, ниједном га нисам видео, нити сам чуо да га је неко срео. Уосталом, где би се и вратио? Лепа, приземна кућа у којој је Срећко живео пре него што се преселио у владарев дворац, продата је. Пробач није имао наследника.

Током свих ових година, људи су ретко причали о пробачу. После владареве смрти њему се изгубио сваки траг. Многи су били склони да поверују да је умро негде у иностранству.

Пошто је сваки глас као ветар — дође, пронесе се и прође, тако је и овај скоро већ заборављен. Дани су наставили свој спори, неумитни ток...

* * *

Већ неколико вечери чинило ми се да мрки сутон прикрива неког у живој огради прекопута моје апотеке. Закључавши гвоздене капке, одмакао сам неколико корака низ улицу. Хтео сам кришом да се осврнем. Не толико због бојазни, колико због тога да бих одагнао сумње. Међутим, сумње се показаше као тачне. Нешто што би се тешко могло назвати гласом, а заправо је био звук између шапата и шкрипе зарђале браве — долазио је управо из живе ограде.

— Арсене!

Тако ме још од мајчине смрти нико није звао. Био сам Арса, за другаре, маторе момке из краја Арсеник, а званично Арсеније.

Вратио сам се трагом тог гласа до живе ограде. Ту је стајао човек без јасних обриса, огрнут некаквом црном пелерином, са шалом преко уста и шеширом дубоко навученим на чело.

— Ја сам… Срећко… помози ми…

Нисам успео ни да се приберем од шиштавог шапата који сам чуо, кад фигура у црном клону и ухвати се за моја рамена оптеретивши их неуобичајеном тежином.

— Није вам добро?

Није било одговора. Само је ваздух шиштао из плућа и губио се у новембарској ноћи. Некако довукох Срећка до врата апотеке, откључах и спустих га у фотељу.

Опипао сам му пулс. Био је слаб.

— Даћу вам нитроглицерин.

— Не — прошапута он. — Дај ми 2 мг…

Његове речи претакале су се у чист отров. Застао сам у пола покрета. Пришао сам му сасвим близу. Видео је колико сам изненађен његовим речима. Покушао је да се насмеши.

— Шта то причате? То ће вас убити!

— Добро си чуо… Молим те, пожури.

Кренуо сам неодлучним кораком у другу просторију. Да ли да зовем хитну помоћ?

Полицију? Човек такорећи умире. Бацио сам поглед према свом вечерњем госту. Лице бледо и млохаво, испресецано дубоким борама. Тело клонуло и опхрвано повременим серијама конвулзија. Само поглед је био нетакнут зубом времена — помало стакласт, али прибран. Видевши тај поглед схватио сам да он заиста жели оно што је рекао — заправо вапи за тим. По први пут у животу су ми се тресле руке док сам припремао лек. Бах! Далеко је то било од сваког лека...

Кад сам принео кашичицу његовим устима, сав се претворио у поглед. За њега није постојало ништа на свету осим те кашичице, заправо њеног садржаја. Док је отров клизио Срећковим једњаком, склопио је очи и уз дугачак уздах опустио и последњи мишић свог тела.

Склањајући бочице бацао сам сумњичаве погледе према Срећку. Видевши онај његов поглед био сам убеђен да неће умрети од отрова. Сумњам да би и највећи стручњаци тачно знали како ће реаговати његов организам. Радило се о феномену, а ту, као што је познато правила не важе.

После десетак минута Срећко је отворио очи. Поглед је и даље био јасан и чврст, али сада је и његово тело добило на изражајности и чврстини. Бодро је устао и пришавши ми ставио руку на моје раме.

— Никада ти ово нећу заборавити...

Кренуо је ка вратима.

— Где заправо станујете?

— Нигде — слеже он раменима и изађе у ноћ.

* * *

Био бих неискрен према себи када бих тврдио да се мој живот после те вечери није донекле изменио. Моја размишљања о сусрету са Срећком ишла су у два правца.

Као фармацеуту није ми било јасно шта се то десило пред мојим очима. Свакако да је била реч о неком феномену — с тим сам се помирио још у почетку, ипак и даље ме је копкала суштина тог догађаја.

Као староседеоца у овом крају интересовало ме је много тога. Где Срећко борави и да ли га је осим мене још неко заиста видео? Зашто се вратио... Одлучио сам да о Срећковом доласку у апотеку не говорим ни породици ни пријатељима. Можда је и он имао неки разлог да свој повратак држи у конспирацији.

Када сам већ помислио да је Срећко поново отишао из старог краја, он је дошао. Боље рећи допузао. Лежао је прекопута у живој огради док је киша лила као из кабла. Једва да сам и чуо његов шиштави глас како ме дозива као из велике даљине. Док су муње повремено парале ноћно небо, с муком сам га довукао у апотеку и закључао је. Видевши га у таквом стању, претпоставио сам да је ово наш последњи сусрет. Овога пута чак му је и поглед био мутан и немиран.

— Молим те, оно исто од прошлог пута... само дуплу дозу... требаће ми пуно времена да се опоравим... извини...

И као да је прочитао моје мисли, с муком се насмешио и додао:

— Не брини. Нећу умрети овде код тебе...

Док се садржај друге кашичице сливао низ грло, организам је почео да реагује. Грашке зноја појавиле су се на челу. Тело су му обузимале серије грчева. Затим се примирио и изгледало је да је заспао. Запалио сам цигарету и припремио се на подуже бдење...

После неког времена и мене поче обузимати дремеж. Одједном Срећко, не отварајући очи, поче да испушта гласове који су шиштећи излазили из његовог грла. Ускоро је почео да гласове склапа у речи и реченице изговорене тешким шапатом.

— ... Сасвим сам случајно доспео на двор... Моја тадашња девојка Кристина, била је једна од ситних дворских слушкиња, а ја млад и добар кувар... Почео сам да се истичем својим умећем и то је било запажено. Једног јутра, сасвим случајно (тако сам бар онда мислио), владар наиђе у кухињу и осмотри ме. Узе ме за мишицу и упита сувим шапатом:

— Да ли би био спреман да умреш за мене?

— Да — одговорих истог трена, а ни сам нисам знао зашто сам то рекао.

Потапша ме по рамену.

— Свиђају ми се твоја одлучност и чврстина... Видећемо се ових дана.

Од тада се у мене увукао немир... Ноћу сам се превртао по кревету. Покушавао сам да одгонетнем шта је заправо значио наш разговор. Проклињао сам Кристину и час када ме је убацила у дворску кухињу. Она је, међутим, била оптимиста.

— Без обзира на његову подмуклост и безобзирност, он се не разбацује главама дворана. Да је хтео да будеш мртав — то би већ и био.

Петог дана ме је позвао у кабинет. На његовом столу стајао је тањир са шницлом и варивом.

— Једи — климнуо је он главом.

— Али... већ сам доручковао — са оклевањем сам узимао нож и виљушку.

— Једи — глас је био мекши него први пут...

„Склупчан”, помислих ја. „Склупчан као... змија.” Та инстинктивна асоцијација ме натера да будем опрезан... Стављао сам по мало хране у уста и дуго жвакао. При трећем залогају осетих благу љутину и трнце на врху језика.

— Храна је отрована — рекох стегнутог грла враћајући тањир на сто.

— Браво! Имаш истанчана чула. Од данас си мој дворски пробач.

... Да, да, судбина... само она тако уме човеку да преокрене живот. Одједном сам постао главни човек у кухињи. Моја реч је могла коштати главе многе куваре и келнере. (Само сам једном, онако узгред, питао шта је било са старим пробачем — рекоше ми да је жив, али тотално неупотребљив за посао. Добио је шећер и морао је да држи дијету.)

Тако почех да рећам годину за годином живота у обиљу и благостању, али и у сталној опрезности, јер посао беше озбиљан и надасве одговоран.

Пошто сам по својој природи методичан, почех да у слободно време проучавам књиге о кулинарству и фармацији. На крају моје прве пробачке деценије знао сам о храни и кувању више од било кога у престоници. Што се тиче лекова, поготову отрова, могао сам се мерити с најбољим дворским апотекаром.

Тих година сам негде прочитао о оном султану или калифу... више се не сећам тачно.

Он је узимајући мале количине отрова очувао своје здравље и продужио живот.

Експериментисао сам на себи опрезно и кришом, чак и од Кристине. После извесног времена здравље, ионако добро, постало је још боље. Све се то одвијало под једним великим условом: да редовно конзумирам тоник. (Тоником сам из милоште називао смесу одабраних отрова.)

Онда сам донео најважнију одлуку у свом животу: припремићу тоник за владара. После неколико месеци мукотрпног рада и експеримената на особи која, дакако, није знала да се на њој експериментише, направио сам тоник који је одговарао његовом организму. (Сви организми се међусобно помало разликују, па сам те разлике свакако узео у обзир.)

Тако је почео парадокс над парадоксима: пробач, уместо да штити владара од отрова — трује га. Али, такво тровање би човек његових година, а имао их је тада 75, могао само пожелети. Здравље му је очврсло. По мом личном мишљењу продужио сам му живот бар за десет година. Када сам му то једном саопштио

— а ипак сам пре или касније то морао учинити — јер сам сматрао да би заташкавање било непоштено — извадио је пиштољ и само што ме није убио.

— Ти, ти... — тек је тада схватио колико је био, мада окружен целом свитом чувара, незаштићен и изложен вољи једног човека.

Онда ми је пришао и чврсто ме загрлио.

— Знао сам да могу рачунати на тебе.

Од тада смо постали нераздвојни. Понекад је тражио да га посаветујем или информишем о нечему. Међу нама је постојало прећутно признање — знао је да зависи од мене, а ја то нисам никад показивао.

Онда је након низа спокојних и релативно непроблематичних година, као гром из ведра неба блеснуо државни удар. Све се одиграло муњевитом брзином. Већ су долазили по његову главу. По први пут у животу погледа ме молећиво.

— Не знам да ли ће ово успети — рекох припремајући посебни тоник.

— Вреди покушати — рече он суво.

Када су дошли већ је био мртав. Оплакивао

сам га неутешно док су ме гурали у страну и ослушкивали рад срца. Пулса није било.

— Послаћемо касније неког по њега — рече командант групе.

— Мртваци ионако не беже — додаде други.

После пет-шест минута ефекат клиничке смрти је прошао. Он је отворио очи и уз пуно среће за четири сата смо били у иностранству.

Нас неколицина дворана правили смо му друштво у егзилу. Са мојим тоником могао је поживети још неколико година, али није ништа вредело... Душа се, за разлику од тела, не може избалансирати хемијом. Копнео је из дана у дан. После њега убрзо је умрла и Кристина, затим још неки. Узалудно сам покушавао да им помогнем... И мени је понестало воље за животом. Срушио се цео мој свет. Остао сам без најближих и без земље у којој сам живео. Све снаге сам усмерио ка једном циљу — вратити се у земљу и тамо умрети. Уз малу пластичну операцију и лажна документа, најзад сам доспео овамо. Посетио сам гробове предака и места где сам провео детињство и младост...

После дуге тишине у којој се чуо само

зидни сат и налети ветра на прозоре, Срећко је отворио очи и лагано устао. Схватио сам да је све ово испричао потпуно прибран и при чистој свести.

— Извини — пружио ми је руку. — Можда сам ти направио непријатности или сметње овим доласцима, али човек не може баш све да уради сам. Неко мора бити сабеседник или слушалац у последњој ноћи.

— У реду је Срећко. Драго ми је ако сам вам био од помоћи.

— Итекако младићу, итекако... Прими ово као малу успомену, захвалност или надокнаду... сам одлучи под којом мотивацијом ћеш га примити.

На длану ми се обрете велики, не баш тежак, старински дукат.

— Неће бити тела ни сахране. Срећко овога пута одлази заувек.

— Збогом — шапнух за фигуром која је затварала врата.

Прекосутра новине објавише кратку вест да је случајни пролазник видео човека како скаче у набујалу престоничку реку. На обали су нађене дотрајале чизме и црни огртач. Тело није нађено ни тада, ни касније.

* * *

Следећег пролећа, док сам се спремао да однесем нека одела на хемијско чишћење, у џепу једног сакоа нађох Срећков дукат. Овога пута га боље осмотрих. Као да је био пресечен на средини. Уз помоћ перореза успех да га отворим. Унутра је био шупаљ, а у тој шупљини се налазила мала ампула с течношћу. Није било тешко закључити да је то — отров.

ЗЛАТНЕ КОЧИЈЕ

Ноћ се попут старог, искрзаног шешира, спуштала на Горњи град. Само су највиши планински врхови још који тренутак одолевали плими мрака, а онда су и они нестајали.

— Још једна ноћ — више равнодушним но уморним гласом констатовао је Стамен, назирући кроз прозор меки длан равнице која се простирала у дубини. Ретка светла на њој трептала су жуто и нејако...

Он упали фењер, пребаци огртач преко леђа и узе хелебарду. Спорим корацима изађе у сплет уских, камених улица. Напољу га дочекаше ноћна свежина и влага која се у пролеће и јесен спуштала с планинских врхова.

Улицама су жустрим ходом промицали закаснели пролазници. Успут су поздрављали

Стамена и настављали својим путем. Понеки пијанац је главињао ка својој кући, а љубавни парови скривени у вежама кућа размењивали су опроштајне пољупце за лаку ноћ.

Горњи град није волео таму. Не беше ниједног ваљаног разлога зашто његови становници не би остали дуже на градском тргу, шеталишту или поред фонтане. Чак се не памти да је неко пао у провалије које су са јужне стране оивичавале град. Зидине су биле јаке и високе, а градска капија кроз коју је водио дуг, вијугав пут до Доњег града и равнице, затварала се доласком првог мрака.

Такође није постојао ниједан ваљан разлог зашто је Стамен осим фењера носио и хелебарду. Ноћобдије су је одувек носиле — а он није имао намеру да прекида традицију.

Ускоро су улицама Горњег града корачала само два човека. Стамен који је извикивао сате и Луцијан који је палио уличне фењере. Луцијан је увек почињао од капије и завршавао са паљењем фењера у Високој улици — на самом крају града. Скоро сваке ноћи сретали су се на пола пута — на градском тргу.

— Лепа ноћ — поздрави и овог пута Стамен фењерџију.

— Сваки посао најзад досади — одмахну руком дебељушкаста фигура осветљена треперавом светлошћу. — Чуо сам од једног светског путника да у северним земљама постоје беле ноћи. Замисли како бих имао мало посла у неком од њихових градова.

— Или би сасвим остао без посла — додаде Стамен.

— Ко зна зашто је то добро — уздахну Луцијан. — И хлеб са седам кора унутра ипак има меку средину.

— Ајде, ајде — насмеши се Стамен. — Тебе чека још пола посла, а мој је тек преда мном.

Неко време су из дубоке тишине допирали све даљи и даљи фењерџијини кораци, а онда завлада потпуни мук. Стамен посеже руком у џеп и у светлости фењера указа се повелики џепни сат на сребрном ланцу.

— Тек девет — промрмља помало разочарани ноћобдија. Требало је шетати улицама бар до шест ујутру.

— Девет је сати добри људи!

Стаменов глас се одбијао од ниских, камених кућа и вијугао уским улицама. До јутра су остајали да му праве друштво само глас и сопствени кораци. Када је прошао главном и свим бочним улицама које су водиле према капији, почео је да се враћа назад.

— Десет је сати добри људи!... Једанаест!... Поноћ!... Један!...

Време је споро одмицало. Лети би себи дозволио да понекад мало одрема у некој од капија бочних улица. Међутим, сада, због хладноће пролећних ноћи није смео дуже седети на једном месту.

Услед дуга времена започињао би као и обично да ослушкује. Хоће ли и ноћас тај звук прећи праг чујности, или ће остати само игра његове свести — мала аудиоморгана.

Није се могао тачно сетити када је први пут чуо тај звук... пре две или три године. Кад га је чуо, више је био склон да поверује у причину, но у реалност постојања звука. Међутим, већ наредне ноћи, лагани топот коњских копита по калдрми и клопарање точкова било је толико јасно и чујно, као да је допирало иза првог угла.

Похитао је да подели своје искуство са Луцијаном. Овај је само одмахнуо руком.

— И ја сам то чуо неколико пута... као из даљине. Подсећа ме на кретање кочије...

— Али, ко би ноћу возио кочију? — инсистирао је Стамен. — Капија је затворена, а на улицама нема ни живе душе.

— Ех, много ме питаш, пријатељу — лупи се Луцијан по колену и устаде. Онда се загонетно насмеши. — А можда су то баш оне златне кочије из планинске легенде... Поред сваког човека једном прођу златне кочије. Неко их види и уђе у њих, а неко пропусти шансу живота...

— Интересантно... Нисам знао за то... — заинтересовао се Стамен.

— Да, да... — промрмља Луцијан. — У животу има пуно интересантних ствари, али посао чека...

Стамен и Луцијан више нису разговарали о кочијама. Ноћобдији се чинило да Луцијан или намерно избегава разговор на ту тему, или сматра да је толико безначајна, да не вреди око тога трошити речи. Стамен, будући да због специфичног начина живота и није имао пријатеља, није хтео ником другом да исприча о кочији.

И ове ноћи се препустио игри звукова, покушавајући да одреди да ли му се причињавају или су реални. Таман што је добрим људима саопштио да је два сата, кад ветар из правца капије донесе резак топот копита. Ноћобдија као и обично похита ка месту одакле је претпостављао да долази звук.

Наравно, као и толико пута до сада одјек га је преварио: кад је задихан дошао близу капије, учинило му се да звук допире са градског трга. Враћао се помало разочаран својим устаљеним путем ка Високој улици, кад зачу топот из непосредне близине.

Потрча ка крају улице и у магновењу виде како неки велики, тамни обрис, замиче за угао. Рефлексно истури напред своју хелебарду оном страном на којој се налазило сечиво у облику куке. Зачу звекет метала о метал и осети нагли трзај. Наредног тренутка као да нешто паде на калдрму. Утом Стамен начини та два корака која су га делила од угла и осмотри улицу. Ни обриса ни звука. Само поветарац у крошњама

ОБлижњег дрвећа. Осветли своју хелебарду и примети огреботину на сечиву. „Значи, о нешто је добро закачило...“, помисли он.

Неколико метара даље у светлости фењера опази мутан сјај на калдрми. Подиже непознати предмет и осмотри га: масивна ручка у облику алке. „Вероватно од врата кочије“, досети се он.

Овог пута једва дочека јутро и уместо да легне у кревет, дуго је на дневној светлости посматрао ручку. Била је богато изрезбарена и пресијавала се мутним, жућкастим сјајем. Увио је у крпу и упутио се горњоградском златару.

Старац је махинално чешкао проседу брадицу... Окретао, загледао ручку, потопио је у царску воду и најзад се обратио Стамену:

— Двадесетдвокаратно злато, мајсторска израда, тежина 150 грама... Штета што је с једне стране мало засечена... мада и оваква вреди право богатство... Бар двадесет златника. Радо бих је купио али не могу да одвојим толики новац.

— Хвала... Није за продају — Стамен климну главом.

— Опростите... — златар заустави посетиоца

који се спремао да изађе. — Овај... да она није део веће целине?

Стамен се дискретно насмеши и оћута.

— Извините... схватам, нема везе... — сметено промрмља златар.

Наредне ноћи Стамен је био двоструко опрезнији.

Баш ништа... осим пролећног поветарца у крошњама и одјека сопствених корака...

Често је током дана, уместо да спава, узимао у руке необичну ручку. Није могао закључити ништа ново...

Једног од наредних поподнева пробудило га је куцање на вратима. Био је то поштар који је два пута недељно доносио пошту у Горњи град.

— За мене? — изненади се Стамен.

— Да. Потпишите овде да сте примили...

Ноћобдија једва сачека да поштар оде, па поче журно да отвара коверат. Није имао родбину и био је радознао ко би то могао да му пише. На омањем, жућкастом папиру, прилично китњастим рукописом било је исписано само неколико речи: *Ви имате нешто што је моје. Молим Вас да ми то вратите.* Уместо потписа била је написана само једна реч која није ништа казивала: *пријатељ*.

Стамен је дуго обртао писмо. Загледао је и најситније детаље, све у нади да ће ипак пронаћи неки путоказ ка одгонетки необичног писма. Поштански печат града у коме је писмо предато био је једва видљив, а и то што се видело било је умрљано.

— Чак ни воденог жига... — мрмљао је за себе Стамен окренувши писмо ка светлости... Убрзо је легао, али без обзира на умор, сан му није долазио на очи.

Те ноћи није издржао: све је испричао Луцијану, показавши му ручку и писмо. Овај је уздисао, пролазио руком кроз проређену косу и загледао у светлости фењера час ручку, час писмо.

— Пријатељу... — рече он најзад. — Просто не знам шта да ти кажем... Једна глава и једна памет нису довољне за ово. У сваком слулају врати ручку власнику кочије... А можда би било добро да отпутујеш некуд... У равници има пуно градова... Не умем, заиста не умем да те посаветујем.

— Хвала ти... и најмањи савет је ипак савет. Ручку сам ионако мислио да вратим, бар да покушам... вратио бих је чак и да нисам добио ово писмо... А то о одласку, вредело би поразмислити о томе... мада сам се овде навикао. Петнаест година није мало...

— У сваком случају желим ти срећу — Луцијан потапша Стамена по рамену. — Посао чека...

Међутим, ноћни пријатељи су се и даље сретали. Стамен беше одлучио да отпутује у равницу, али пре тога је морао вратити ручку. Дуго је размишљао како то да учини, а онда је решио да сачека наредно појављивање кочије... Али, топот коња и клопарање точкова никако се нису оглашавали горњоградским улицама.

Решен да прекине ову неизвесност Стамен одлучи да ручку остави на градском тргу и већ ујутру крене ка Доњем граду и равници. Опипа још једном метални предмет, као за опроштај и спусти га на калдрму. Утом зачу топот и клопарање. Једва стиже да се усправи, а пред њим је стајао тамни фијакер с четири вранца и кочијашем увијеним у пелерину.

— Враћам оно што није моје... — мало уздрхталим гласом прозбори Стамен.

— Захваљујем — тихим и пријатним гласом узврати кочијаш, а затим отвори врата. — Изволите. Где год да сте кренули овом кочијом стићи ћете брже.

— Не, хвала. Сачекаћу до јутра, а онда идем у Доњи град.

— Не будите такви — старо и мршаво кочијашево лице се насмеши. — Овакав позив се не одбија.

Стамен поред све љубазности, у том гласу осети и неку неумитност. Било му је јасно да неће имати снаге да се одупре позиву.

— Па... можда је тако најбоље — уздахну Стамен и уђе у кочију.

— Наравно — промрмља кочијаш и вештим покретом руке намести ручку на врата фијакера. Затим фијукну бич и четворопрег убрзо нестаде у сплету малих улица...

НАХОД КРСТАШ

Касно априлско поподне башкарило се градским парком. Наход Крсташ је седео на једној од клупа утонулих у зелене сенке. Поглед му је лутао преко мирног плаветнила неба, које су ту и тамо пресецали голубови превртачи. Спуштајући поглед ка земљи почињао је да бива све свеснији ћарлијања поветарца, бујних и умивених крошњи и свих оних детаља који су април чинили априлом. Дебељушкасти и помало неспретни гундељи зврндали су около, у трави су се весело јуриле бубе опанчари... Један млад и нежан паук попео се на Находово раме. Он га је пажљиво ставио на длан, разгледао са свих страна, а затим га је спустио у траву.

— Иди у своју мрежу, вредни ткалче — испратио га је благим шапатом. Затим се и Наход диже са клупе и спорим кораком (јер није било потребе за журбом), крену ка своме дому.

Пензионерски дани су споро пролазили у Находовој гарсоњери. Последњи потомак некада бројне породице Крсташ, често је бивао нерасположен и дешавало му се да по неколико дана никуда не изађе. Његови омиљени месеци су били април и октобар — буђење и гашење природе. Дуге летње и кратке зимске дане, углавном је проводио проучавајући породичну хронику Крсташа. То је била дебела свеска укоричена браонкастим, картонским корицама, које су замениле оне првобитне, вероватно кожне. Хартија је била дебља, а листови веома жути, на неким местима захваћени влагом која је остављала необичне, неправилне мрље.

Кад год би прелиставао хронику, а чинио је то доста често, Наход би почињао од првог записа, његовог чукундеде који се такође звао Наход. Тај запис је био начињен гушчијим пером умоченим у чађ и остале мешавине за писање оног времена. Необична, оновременска слова, поручивала су му следеће:

Зделано лета господњега 18..8 у вароши

Београду. (Наход због мрље на папиру никада са сигурношћу није могао да утврди која је то била деценија деветнаестог века.) *Днес, навршив четрес лета мојега живота, случило ми се нешто чрезвичајно. Док бев у овошју угризе ме паук. Рука ми отече и зацрљене се врло, а полсле се смири. Возвраћавши се кући, оклизнух се и упадох у некаку рупу крај пута. Док покушавах да изиђем, одрони се груда земље и на мојy ползу се указа кеса у којој нађох 10 дуката. Можда између ова два собитија нема никаквог подобија, али ја их убележих у тефтер. Наход.*

После овога,ређали су се записи других чланова породице, који често нису имали лични карактер, него су коментарисали различите догађаје. Находов деда Симеун, уписао је после атентата у Марсељу: *Јао нама убише нам краља.*

Находов отац, Димитрије, уписао је у хронику једну једину реченицу, која иако није била његова, мора да му се веома свидела: *Да нема ветра, пауци би небо премрежили — Анри Батај.*

(Неки чланови породице сумњали су да

Димитрије има свој посебан дневник, али он никада није пронађен.)

Без сумње, најзначајније место у хроници имала је Находова баба Споменка. Она је покушала да мало осветли необичан крај првог Крсташа — родоначелника Находа, који је био деда њеног мужа. О томе је записала оно што је чула и начула од старијих:

После своје педесет пете године, Наход поче да се понаша некако чудно. Купио је ван вароши воћњак са малом кућом и све се ређе виђао са остатком фамилије. Наход је сасвим напустио свој ковачки занат, а ипак је сваких месец-два доносио породици, чија је глава још увек фактички био, кесицу са златницима. Ником није говорио одакле му те паре. Чак и ретке комшије из околних воћњака нису знале чиме се бави. Рекли су само Находовој жени да овај нешто копа ноћу по воћњаку. Када је једном приликом прошло три месеца од његовог задњег доласка, жена и два Находова сина дођоше у воћњак. Наход им није дозволио да уђу у кућу и да га виде — разговарали су кроз прозор. Његов глас, јако измењен, допирао је из мрачне дубине собе. Рекао им је да ће ускоро умрети, али да не брину, јер им је у воћњаку оставио закопан ћуп златника. Жена и синови одоше, али се касније вратише доводећи са собом лекара и попа. Наход не дозволи ни њима да уђу у кућу. У његовој соби се затим разгоре ватра и цела кућа убрзо изгоре. На згаришту нађоше некакве остатке тела. Сутрадан га сахранише по православном обреду, иако се поп, будући присутан синоћњем пожару, стално вајкао да није можда Наход намерно запалио ватру и тиме себи одузео живот.

Поред овога баба Споменка је још доста ствари записала у хронику, али оно што је Наход најчешће читао и о чему је највише размишљао — односило се на њега самог.

Гледам понекад малог Находа како с љубављу и интересовањем у окицама посматра различите инсекте и, наравно, пауке. Он са својих шест година не зна да сусрет са њима обично значи добитак у новцу. Повремено као да у њему назирем неке црте његовог чукундеде.

Последња реченица овог дела записа Находу је увек била чудна и нејасна:

Штета што нећу доживети да га видим кад

остари и буде имао своје пауке, а осећам да ће их имати.

Без обзира на ову својеврсну хипотеку Находов живот је спокојно замицао у старост. Није занемаривао свакодневне кућне послове. Марљиво би бар једном недељно брисао прашину и покупио паучину. При том није убијао пауке, већ их избацивао напоље ако је време било топлије, а зими их је остављао тамо где јесу.

— Гле, биће парица — прошапута једном крајем априла угледавши у ћошку поред комоде два паучића. Рекао је то махинално, радујући се искрено, као дете, тим малим створењима. При том се није ни сетио да ће му поштар ускоро донети пензију.

Сутрадан дође поштар и донесе пензију.

— Заиста стигоше паре — промрмља Наход гледајући поштара како броји новац.

— Молим? — упита поштар не прекидајући.

— Ништа, ништа, то ја онако за себе — насмеши се Наход. Даде поштару лепу напојницу и врати се у своју усамљеност.

Прође још неколико сунчаних и зелених

недеља. Наход одлучи да мало раскрчи подрум. Било је ту непотребних старих новина, понека флаша и тегла. Усред рада, са таванице се низ нит спусти велики паук до висине Находовог лица и пре него што је овај било шта урадио, паук се попе назад на таваницу. Инсект понови исти ритуал још два-три пута пре него што се сасвим изгуби у мрачним ћошковима подрума.

Ускоро затим опет дође поштар и донесе му некакав новац.

— Потпишите да сте примили...

— А ко га шаље? — упита Наход.

— Потражићу уплатницу — поштар поче да прекопава по торби. Најзад нађе неки замрљан папир исписан нечитким рукописом. Обојица покушаше да нешто разазнају из тога.

— Ма уосталом, господине Находе — најзад ће поштар. — Није ни битно ко их шаље, битно је да су паре ту!

След чудних догађаја наставио се и током лета. Наход је то прихватао са извесном зебњом у срцу. Истовремено се и малчице радовао, јер му је живот најзад постао занимљив. У његовом стану и подруму било је све више паукова. Постали су му још дражи него раније. Једноставно, није могао да им одоли. Скупљао их је у парковима и доносио кући. Вадио из џепова сакоа, загледао, стављао на прсте да миле по њима. Средином лета у угао собе је ставио гомилу грања и пузавица, да би се пауци осећали као у природном амбијенту.

Из својих шетњи, осим џепова пуних паукова, често се враћао с понеком нађеном ситницом или драгоценошћу. Једном би то био безвредни брош, а други пут златни ланчић или скупа табакера.

Гомила пронађених ствари расла је мало-помало, насупрот углу у коме су биле гране.

Једног јутра, док је поспан лежао у кревету, осети убод у десну надлактицу. Трже руку и виде крупног паука крсташа како силази низ креветски чаршав.

— Дакле, то се ипак морало десити — прошапута обузет страхом. На руци се појави оток, али се после пар сати смири и црвенило се изгуби. Осећао је велику потребу да изађе напоље. Трудио се ипак, да ту жељу савлада, претпостављајући епилог такве шетње. Предвече више не издржа. Није направио ни стотинак корака, кад му нога запе о један завежљајчић. Свако други на његовом месту би се силно обрадовао, али њега уопште то није радовало. Није морао ни отварати завежљај кад се вратио кући. По његовој тежини и звекету знао је да су унутра дукати.

Те јесени Крсташ је купио велику и усамљену кућу на периферији. Дао је да се плац озида високим зидом и тако се заклонио од очију знатижељника. Договорио се с једним бакалином да му све потрепштине оставља пред капијом, где му је у договорено време остављао и новац.

Наход је приметио да почиње да му смета светлост јесењег сунца, те је због тога углавном држао спуштене ролетне. Такође је покрио сва огледала да му не засмета случајни одблесак сунца у њима. Увече би обично палио свећу. Та светлост му је више пријала од заслепљујуће електрике. Чинило му се да и пауцима то више одговара. У шетње је излазио искључиво ноћу и никад ван свог дворишта. Нога би му понекад запела о неки завежљај, или би га на месечини својим златкастим осмехом из траве мамило злато. Окретао је главу на другу страну и великим напором воље успевао да оде даље, не узевши нађени предмет.

Грозничаво је уписивао све догађаје у породичну хронику. Међутим, што је време више одмицало, схватао је све већу узалудност тог посла. Није постојао ниједан потомак који ће једном читати његове записе.

Кад је јесен једном ногом већ закорачила у зиму, у кућу, бежећи од студени, улете неколико омамљених зунзара. Пауци се узмуваше халапљиво шнрећи своје мреже. И Наход баци радознао поглед на њих и откри да му се свиђа тај зунзави, кружни лет око његове свеће. Што је више гледао, бивао је све обузетији чаролијом тог кружења. У једном моменту, не могавши себи да разјасни тачан мотив тог геста, он скочи да ухвати једну од зунзара. У том скоку, Наход закачи једно огледало које паде и разби се, те тако остаде без застора.

Звук разбијеног стакла развеја чаролију. Крсташ погледа у комаде стакла, као да тако нешто види први пут у животу. Затим поче с неверицом да пипа своје лице. Дуг, очајнички крик, поче с муком да се цеди из његовог грла. Крик је трајао и растао све док не плану шибица којом Наход запали завесе. Следећом шибицом запали породичну хронику.

Велики, пламени стуб облиза скоро целу кућу и кад се после краћег времена појавише ватрогасци — више се није имало шта гасити...

АНЂЕО

Целог тог нејаког и слабашног пролећа испресецаног фронтовима, кишама, зубатим сунцем, а при том подгреваног само танушном надом да ће лето ипак доћи, размишљао сам о страсти.

Док се језа пела уз четвороспратницу и подмукло увлачила у мој атеље а затим и поред два џемпера незаустављиво напредовала према мојим костима, у глави и срцу сам покушавао да разбуктим ватрицу. Страст... страст... После четврт века сликарске помаме према свему што има боју, облик, фигуру, што се мрежом боја и потезима киста може уловити и овековечити на платну, чак и према ономе што не спада у сликарство, већ се означава великим словом

„Ж" (односно живот), страст се стишала, припитомила и најзад нестала...

Човек је прилично проклето биће — мисли да све зна, схвата, разуме, поима, а уопште није тако. Док има, *поседује* он нештедимице граби, користи. Тек кад златни пламичци из очију и дрхтаји срца оду далеко, он почиње да размишља, филозофира.

Будући да сам био потпуно обестрашћен, осетио сам се као бродоломник, с тим што се око мене није простирало пусто острво, већ пуст живот.

Узалуд сам тог импотентног (у сваком погледу) пролећа ангажовао скупе (и лепе) моделе. Скинуте до голе коже постављао сам их поред разбукталог камина (нежне длачице на страни тела која је била даље од ватре су се ипак јежиле) хватао одблесак пламена на њиховој пути и упорно их, одабраним бојама утискивао на платно. Није реаговало... на њему су остајале мрље, недовршене линије без икакве целине.

Постављао сам моделе у све ласцивније положаје, али без резултата. Нисам чак ни ја реаговао. Ни трен страсти, Ероса, као да је преда мном мртва природа.

Мучење је трајало неколико недеља, док најзад нисам дигао руке од свега.

Спасоносна идеја која ме је могла извући из обамрлости у коју сам све више западао, синула ми је на сасвим баналном месту. На једном пријему у „вишем” друштву, на коме је једино био висок проценат тамањења алкохола.

— Кад год ми досади, а ја на авион, па се шибнем било где... за промену.

Ту реченицу сам ухватио у жамору гласова и осмеха, оцедио је од сувишног вискија њеног власника и присвојио је, јер је могла бити корисна.

Путовања... путовања... Путовао сам мало, још за време студија на ликовној академији. Француска, Италија, Холандија, само толико и само због уметности...

Пошто ни после недељу дана нисам могао да се одлучим где да проведем тих седам дана (за које сам сматрао да неће бити ни мало ни много), узео сам карту Европе, зажмурио и покренуо „прст судбине”.

Када сам отворио очи, видео сам да ће моја туристичка дестинација бити — Малта. „Можда ћу срести и Богијевог духа како још увек тражи малтешког сокола", прође ми кроз главу. Задовољан насумичним избором нађох туристичку агенцију, договорих, платих, али за авионски превоз морао сам, да се по њиховој препоруци, обратим „Супер лету". Тамо су такође били љубазни. Објаснили су ми да ћу платити куриру који ће ми донети карте кући — луксузно, нема шта.

Таман кад је поподневно сунце почело да осматра моју неуспелу и незавршену мазарију на штафелају, зачу се звоно. Пребацих крпу преко штафелаја по навици (јер нисам волео да неко забада погледе у слике које још нису за гледање) и кренух ка вратима.

У ходнику је стајала онижа фигура курира — сумрак степеништа уме често да превари — погледах мало боље — била је то курирка.

— Изволите, уђите.

— Седите и не обраћајте пажњу на неред. Тако је то кад је атеље истовремено и стан.

— Ништа, ништа... донела сам вам карту и рачун — рече тихим, певушећим гласом.

Тек је тад погледах право у лице и остадох... затечен... Затечен чиме? Питао сам се више пута много касније када је све већ било завршено и увек сам налазио неки други одговор који ипак није био прави — вероватно због тога што оног заиста правог одговора није ни било.

Чиме то, дакле, може бити затечен четрдесетогодишњак, сликар, који се нагледао многих женских лица и тела, нагледао се врха и дна живота, па чак и онога што су други могли само назрети?

Уместо да набрајам све детаље представићу њено лице једним — крокијем. Нежан беличасто-златкаст тен (због тога претпостављам да је њена коса природно плаве боје), плаве очи, мали, правилан нос, прелепе полуотворене усне, мало зарумењени образи (можда због четвртог спрата без лифта).

Ако женско лице икако може бити (без обзира на све сличности и разлике са другим лицима) самосвојно — ово лице је управо било то — самосвојно.

Осим тога из ње је избијала својеврсна младалачка чедност (која се, свакако, није морала поклапати са њеним карактером и понашањем). „Анђео”, помислих, „макар само визуелно, прави анђео”.

У току моје унутрашње фасцинације њоме, на спољном, вербалном плану, водио се шкрт, пословни разговор.

— Проверите датуме и времена одласка и повратка... а ево вам и рачун...

Тешком муком одвратих поглед с њеног лица и кратко осмотрих датуме. Свакако ћу отићи и вратити се са тог острва, али њу ћу гледати још врло кратко...

Спорим покретима одбројах новац. Ставила га је у ташну и кренула.

— Како се зовете? — моје питање је зауставило на вратима.

Једина крајње обична, тривијална ствар у вези са њом била је њено име — звала се Марија.

— Па, Марија, хвала вам...

— Срећан пут...

Већ наредног тренутка девојка се изгуби

у широком загрљају сумрака који је владао у ходнику.

* * *

Малта. Како је било на Малти? Питали су ме пријатељи и познаници по повратку. Као у сну — предивном сну — одговарао сам ја искрено. Као на великом филмском платну, био сам окружен морем, сунцем, туристима, хотелима, локалним становништвом и њиховим обичајима. Међутим, пред очима душе, непрестано ми се вртео кратки, немонтирани и нережирани филм мог сусрета са Маријом.

Седам дана је брзо прошло. Одмах по повратку пожурих у ту летећу агенцију да им захвалим на услугама (а заправо, наравно, да бих при том можда срео мог „виртуалног анђела", како сам назвао Марију), али она је била на терену.

После неколико дана сам одлучио — ако је путовање једини начин да сретнем Марију — путоваћу. Овога пута ће то бити блиска дестинација — Охрид — коју сам још у младости прижељкивао, а све је остало само на неоствареним жељама.

Одлучио сам да овога пута Маријин долазак не дочекам неспреман. Позајмио сам од пријатеља камеру за надзор објеката и поставио је тако да снима фотељу на коју ће она сести.

Чим је мрак ходника по први пут прогутао Марију, почео је у мени незадрживо да расте предосећај да не можемо и нећемо бити ни у каквој вези. Без обзира на сав тај огромни занос и интересовање које је побудила у мени, здрав разум је тврдио да је можда боље да не сазнам превише о њој, да се не приближим, јер сваки наредни корак открио би понеку пукотину у том визуалном савршенству и покварио би слику анђела коју сам видео када бих затворио очи.

Сопствени разум и искуство на тај начин постају човекови највећи непријатељи и несавладива препрека на путу ка савршено (?) срећној вези. Дакле, део мене је био опчињен њоме, а други део, онај који је стајао са обе ноге на земљи, већ се спремао за онај моменат када ће тај девојчурак постати најлепши део моје прошлости.

Када је по други пут притиснула звоно на мојим вратима укључио сам та прикривена технолошка чуда и с пола душе у садашњости, а с пола у времену које ће тек доћи, максимално разапет, кренух да јој отворим.

Опет сам капитулирао пред тим малецким анђелом. Чинило ми се да је још грациознија, чеднија и лепша него први пут.

— Како сте се провели на Малти? — упита ме док је седала у фотељу, откривши при том цео низ ситних, белих зуба.

— Као у сну — одговорих и њој као и другима.

Мој неочекивани одговор је трже. Погледа ме искоса, зачуђено, као да мало размиче кулисе те чудне игре коју сам око ње инсценирао.

По једном (мени се учинило уплашеном трептају очију), изгледа да је схватила мој свепродирући поглед који је сву обузима и просто упија њену лепоту. Нагло сам спустио поглед на сто.

— Послужите се лимунадом, сад сам је направио.

Отпила је само два гутљаја и махинално

захвалила, као да хита да што пре заврши посао са картама и одбегне у сигуран и мрачан загрљај ходника.

На вратима сам јој поставио заседу у облику сладуњавог и шармантног питања изговореног дубоким, помало назалним гласом, који су жене обично волеле.

— Шта мислите о томе да једном вечерамо уз свеће у некој од војвођанских чарди?

— Хвала — рече она у одласку. — Имам трајну и срећну везу... та вечера не би имала сврхе ни смисла...

— Ипак, размислите — избацих ја за њом у сумрак ходника реченицу, као дављеник руку којом покушава да се ухвати за сламку.

— Већ сам размислила — одговор је не!

* * *

Три дана боравка у Охриду провео сам као под неком копреном. Град, језеро и спољашњи свет био је само привид, заправо само кулис мог душевног поприишта. Потонуо сам у летаргију и негацију сопственог живота и живота уопште.

Онда, док сам лежао на шљунку и зурио у језерске даљине, поче да ми се отвара духовни хоризонт и почех да упијам сваки детаљ, ситницу, боју. Цео тај призор ми заблиста пред очима.

Обузе ме тренутак спознаје живота — оно што се догађа ретко и само понеким срећницима — спознах *као личну истину* оно што су понеки филозофи већ одавно тврдили — да је живот један јединствен, непоновљив феномен. Мој већ давно заборављени Ерос, отвори очи, удахну пуним плућима и одушеви се животом, као што је и ред.

Сутрадан сам поново био у Београду у свом атељеу и са невиђеним жаром и страшћу почео да сликам Маријин портрет. На тај начин сам желео да јој захвалим што је (мада на мало мучан начин) пробудила бога Ероса у мени.

Када сам за неколико недеља завршио то ремек-дело и анђела ушушкао бојама и удобно и заувек сместио на платно, урадио сам и један мањи портрет и однео га у агенцију. Марија наравно није била ту, али ја нисам ни имао жељу да је видим — хтео сам само ради успомена да анђела — поклоним анђелу.

ПАЛИМПСЕСТ

Дорћолу је почео да се прикрада сомотски сутон. Тешко уздахнувши, Климент одложи оловку на хрпу исписаних папира и баци поглед кроз прозор своје собице. Житељи задњег дворишта поседали су на троношце и басамаке својих чатрља и марљиво оговарајући остатак света почели да пију вечерњу кафу.

Климент узе гомилу папира на длан и одвагну је. Бар два килограма рукописа о породици Симеуновић. Кроз сећање му као стара разгледница пролете слика од пре пет година: госпођа Јоланда, времешна матрона седи у својој наслоњачи, пуши ментол цигарете и умотава га у пређу свог промуклог гласа:

— Кажем ти, Клименте, знам све о теби... Ништа не мораш да ми причаш.

Знам да си био други студент генерације код професора Јоксимовића... И да си објављивао прозу у „Књижевности”, „Делу”, „Књижевним новинама”... И да су твоји помрли. Знам да си написао књигу прича и ниси успео да је штампаш... И да си писао по Дорћолу за малу пару молбе, жалбе и остало. Све, све знам! Код мене ћеш имати собу у задњем дворишту, храну и скроман џепарац. Од тебе само тражим да напишеш породичну хронику. Лепу, велику... Даћу ти све податке, сва документа која имам...

Монотони глас је плео мрежу док није сасвим прекрио Климента. Између улице и собе са храном није било избора. Ганут до суза пољубио је поднадулу госпођину руку и упутио се за собарицом у задње двориште према свом новом дому.

Колико се пута за ових пет година присећао те слике, колико пута је проклео тај трен и пожелео да одустане. Стомак, тај подли хлебољубац, крчањем га је враћао у стварност...

Климент се уми, зачешља проседу косу и изађе напоље. На жици за сушење веша већ га је чекала једна од његових ретких обавеза (осим свакодневне хронике) — крупни ара — Карло Велики. Чим га угледа птица му слете на раме.

— Шетња! Шетња! — прокркља Карло као да подсећа Климента шта му ваља чинити.

Климент га помази по репу у знак поздрава.

— Хоћемо ли на Дунав?

— Дунав! Дунав! — понављала је птица одобравајући.

Кренули су ка задњем излазу из дворишта, кад нагли налет ветра просто скиде папагаја с човековог рамена и узвитла га ваздухом. Птица се на тренутак збуни, а онда се устреми ка разбијеном таванском прозору помоћне зграде која се већ дуго није користила. Уз шкрипави крик, папагај улете кроз прозор.

Клименту је требало пар секунди да се прибере. Као муња у његовој свести блесну поднадуло Јоландино лице. Не дај Боже да се њеном љубимцу нешто деси... За трен ока је на прозорски рам прислањао мердевине које су стајале у близини и већ се пењао за папагајем.

— Карло! Где си?! Врати се!

Тавански мрак беше густ попут абоноса. Свитац шибице обасја гомилу одбачених предмета на којој је стајао ара и тобоже нешто загледао. У следећем светлосном кругу Климент виде да папагај нешто разгрће кљуном и зачу како поче да понавља: „Наум? Наум... Наум!"

Последње палидрвце из кутије поможе Клименту да разазна некакав завежљај прекривен крпама прашине. По арином понашању он закључи да је птици посебно стало до те бошче. Користећи последње титраје светлости Климент зграби замотуљак, сиђе низ мердевине и неопазице га однесе у своју собу.

Убрзо затим појави се на дунавском кеју с птицом на рамену. Да је којим случајем имао дугу браду и похабани шешир, ретки пролазници би га могли лако побркати с Робинзоном Крусоом.

Међутим, без обзира на сву рутинираност шетњи и уиграност тандема, птица се врпољила и испитивачки гледала свог београдског Робинзона.

— Наум? Наум! — понављала је то ново и ни од кога научено име.

— Опусти се и уживај у шетњи... — шапутао је човек папагају у крило. Птица се и даље врпољила. Очигледно је малопређашњи догађај оставио јак утисак на њу.

Климент је уз пар уобичајених речи предао госпођи Јоланди њеног љубимца. Птица је одмах саопштила газдарици нову реч из свог вокабулара. Климент је успео да се провуче поред Јоландиних упитних погледа и безмало отрчи у своју собу.

Уклонивши дебели миље прашине, пажљиво одвеза крајеве воштаног платна. Жмиркава сијалица обасја дрвени ковчежић без бравице. Унутра беху похрањене три дебеле свеске за писање с делимично оштећеним кожним корицама. Климент пажљиво отвори свеску на чијем хрбату беше исписано римско I.

Тешко читљив текст писан разливеним, црним мастилом, започињао је речима: *Лета господњега 1854. а о Светом Илији, ја Наум Симеуновић почех да бележим ову хронику о Симеуновићима, да се не заборави и да се памти...*

Климент се скаменио. Најзад је из таме минулих векова изронио рукопис о коме се говорило и ћутало с колена на колено Симеуновића. Климент брзо прелиста странице с краја треће свеске. Последњи датум уписан у хронику (несумњиво руком неког наследника) беше 6. 4. 1941. Он у тренутку схвати да је његов ангажман и даљи боравак у овој кући непотребан. Оно, због чега је он добио удомљење и ухлебљење и на шта је потрошио пет година рада, појавило се одједном, малтене ниоткуда... на тацни, готово. И не само то: Климент је хронику писао на бази недовољне историјске грађе. Утемељен на малобројним, непровереним чињеницама, његов рукопис је био тек домишљана и слућена верзија давних догађаја. Знао је да разлика између наслућиваног и истинитог није мања од разлике између неба и земље.

— Ex Науме, Науме... обезумио дабогда — прокле он шапатом родоначелника фамилије и хронике. — Остави ти мене без крова и хлеба... Знаш шта... Спалићу те! Од тебе ће остати само шака пепела — обраћао се свескама као самом Науму. — И развејаћу пепео по Дунаву... Не, не могу... ако спалим заувек ће пропасти драгоцени подаци из прве руке. Морам бар да завирим у хронику...

Климентов пискутави шапат губио се у тамним ћошковима собе.

— Сакрићу... као гуја ноге... и од себе самог... А кад прочитам, шибица и збогом Науме... да се више не сретнемо...

Одједном се Климентов шапат пресече на пола. Па ту реч, заправо име, понављала је она досадна птица. „Како је могла”, помисли Климент. „Птице преносе душе умрлих, ко зна...”

Човек несвесно одмахну руком као да жели да се ослободи таквих мисли и упиљи се у складне, избледеле редове о настанку Симеуновића.

У праскозорје плану шибица у Климентовој руци. Њоме потпали хрпу својих папира, а онда се окрете према Наумовим свескама.

— Мислио си да ћу да спалим твоје свеске, а? Преварио си се друшкане. Кад си већ васкрсао и непозван дошао, онда ћеш и да останеш... само, на корицама те књиге у којој ће бити твоја хроника, налазиће се моје име. Некад је ведрио и облачио Наум Симеуновић, а овде одлучује Климент. Само да знаш и да рачунаш с тим...

А ону птицу, ако те буде често помињала... појешће мрак.

* * *

Од тог свитања прође шест месеци пуних преписивања и коректура. Осавремењени Наумов текст ширио се преко белих листова, све док хроника није дотакла шестоаприлско јутро 1941. године.

Климент је у међувремену чврсто одлучио да преписани рукопис однесе госпођи Јоланди. Једном се ипак мора ставити тачка на све, па и на тај петогодишњи боравак код последњег изданка Симеуновића.

Карло Велики на Климентовом рамену крај вечерњег Дунава више никада није изустио име зачетника хронике. Управо по повратку с једне од дунавских шетњи, Климент свечано унесе у Јоландину собу читаво бреме рукописа.

— Зар је могуће?... Готово је? — изненади се матрона, која је изгледа мислила да ће Климент писати хронику до краја свог или њеног живота.

— Да госпођо. Све има свој крај... Трајало је

дуго, али сам хронику ипак завршио. Кад књига изађе из штампе ја ћу се спаковати и отићи.

— Таман посла! Навикла сам се да живиш у задњем дворишту... Уосталом, ко би изводио Карла? Дај ми да погледам...

Климентово срце обузе топлина, а очи неприметно засузише. Није очекивао тако великодушан гест од једне Симеуновићке.

— Не знам како да вам захвалим — промуца он.

Госпођа нехајно одмахну руком и удуби се у читање неколико првих страница.

— Па ово је изванредно... генијално... као да си ти учествовао у свим овим догађајима. Остави ме сад да читам, али дођи сутра око поднева.

Јоландина синоћна шминка до поднева је остарила за читаву деценију. Исплакала је безброј суза и то није ни крила пред Климентом.

— Пре него што најзад кренем на починак — прозбори ниским шапатом — оно што ти дугујем не може стати у једно огромно, старачко „хвала”. Симеуновићи сад могу мирно да сиђу са историјске и животне сцене. Остаће иза њих велики спомен. У овој коверти се налази три хиљаде марака. Кренућеш одмах у штампарију. Хоћу да све буде урађено како доликује Симеуновићима. А ова коверта ће, претпостављам, испунити твоје давнашње жеље: хиљаду марака да штампаш твоју збирку прича.

Климент осети како се под старе куће размекшава и таваница поче да губи равнотежу.

— Ја... — хтеде нешто да заусти.

— Не мораш ми захваљивати... Ионако си премало добио од живота. Дођи...

Јоландине усне на Климентовом челу оставише траг јесењих пужева и мирис хумуса.

— А сад пожури... Две важне књиге чекају да угледају светлост дана.

Отежалих ногу, носећи у грудима тек сад пробуђену птицу грижe савести, Климент се упути ка вратима.

∗ ∗ ∗

Шест недеља касније на Климентовом писаћем столу дорћолско сунце обасја две књиге. Гломазна и раскошна породична хроника, као да се надвила над танушну, златкасту збирку прича.

Климент је већ увелико склопио пакт са својом савешћу. На њено успављивање највише су утицале Јоландине речи које је Климент уздигао на ниво аксиома: „Ионако си премало добио од живота...” То је било тачно. Климент је намеравао да остатак свог живота проведе у исправљању те судбинске неправде.

Разгаљен првим гутљајима јутарње кафе Климент посеже за великом књигом са чијих корица се златотиском пресијавало његово име. *Лета господњега 1854. а о Светом Илији, зачетник славне породице Симеуновић почео је да води хронику, која нажалост није сачувана. Моја маленкост је на бази доступне историјске грађе хронику приредила и она се сад, ето, налази пред поштованим читаоцем...*

— Савршено — прошапута Климент. А онда му се пред очима нешто замути. Трепну једанпут-двапут, али бела хартија настави да неумитно добија боју старе Наумове свеске за писање, а штампана слова се разлише у китњасти рукопис родоначелника Симеуновића. Обузет крајњом неверицом, која се већ ближила паници, још једном прочита прву реченицу: *Лета господњега 1854. а о Светом Илији, ја Наум Симеуновић почех да бележим ову хронику о Симеуновићима, да се не заборави и да се памти...*

Оно што је требало да буде снажан врисак, кроз потпуно стегнуто Климентово грло, проби се једва у облику ропца. Канце непојмљивог страха почеше да комадају његове грчем стегнуте груди. Пошто жестоко трљање очију није уродило плодом, почео је да се шамара и најзад чупа косу...

Мало се повратио од шока, али гломазна, раскошна књига дефинитивно је постала Наумова свеска за писање. Чак је и златотисак корица мутно сјајио словима Наумовог имена и презимена.

„Морам проверити остале примерке и спалити, спалити све те чудовишне мутанте...” Скочио је са столице као убоден десетинама игала и отрчао у главну зграду.

Кораком најтишег лопова ушуњао се у Јоландину спаваћу собу и са ноћног сточића узео хронику. Оштри прободи у грудном кошу попустише, кад на корицама прочита своје име и презиме. Али чим отвори прву страницу штампани слог поче да се на његове очи претвара у разливени рукопис.

— Морам сакупити и спалити цео тираж — прошапута Климент гласом оштријим и хладнијим од леда. — Чак и његове свеске. Од њих је све и почело.

Најзад се дан докотрљао до вечери. Несумњиво најдужи дан у Климентовом животу, учинио га је старијим за читаво бреме година. Лице му се згрчило у маску ужаса и очаја. Куповао је из књижара, крао, отимао и попут уклетог демона гомилао хронику у најдубљем закутку задњег дворишта. Иза завеса, ролетни, спуштених шалона, посматрао га је Дорћол, крстио се и шапутао молитве за његову душу.

Када је преко деветсто књига (безмало сав тираж који је успео да прикупи) плануо, у двориште су тихо ушли људи у белим мантилима и без опирања му навукли кошуљу.

— За све је крив Наум — горко је прошапутао Климент и почео да плаче ситним, дечјим јецајима. Док су га одводили, лице му је губило оштрину маске и почеле су се назирати меке и трошне људске црте.

— Боже, требало је да будеш милостивији према њему — прошапута стара госпођа иза полуспуштених ролетни, док се полако спремала за сусрет са Наумом и свим осталим Симеуновићима...

Оливер Јанковић рођен је 1957. године у Београду где је завршио студије Славистике на Филолошком факултету. Пише поезију, прозу, драме и радио драме за децу и одрасле. Бави се књижевном критиком а пише и афоризме и кратке сатиричне форме. Објавио је следеће књиге: *Мит и завичај* (2000, монографија, коаутор), *Морска звезда* (2000, приче за децу), *Распродаја душе* (2005, приче, друго издање 2023), *Глас ствари* (2008, песме за одрасле), *Талија и Мелпомена* (2010, песме за одрасле), *Два реквијема и прегршт живота* (2015, песме за одрасле), *Духовитост је дрскост која је стекла образовање* (2018, афоризми и сатиричне приче, коаутор са Благом Јанковић), *Срећан крај* (2019, роман за децу), *Сага о Фениксовој смрти* (2020, роман, друго издање 2023), *Антикварница* (2022, приче), *Тајанствени случајеви инспектора Тражића* (2022, роман за децу); драмска дела: *Мајор Гавриловић* (монодрама, Народно позориште Сомбор 2001), *Најважнија унука на свету* (монодрама за децу, Нови Сад 2001), *Дискреција загарантована* (монодрама за одрасле 2007), *Мој деда Хогар* (позоришна представа за децу, Београд 2018), *La Madalena* (радио драма двојезично издање енглески/српски 2020). На Радио Скопљу, Радио Београду и Радио Новом Саду емитовано му је дванаест радио драма за децу и одрасле. Члан је УКС-а и БАК-а.

Добитник је награде *Адам Мицкјевич* за укупно стваралаштво.

САДРЖАЈ

Оливер Јанковић
РАСПРОДАЈА ДУШЕ

Друго издање
Лондон, 2024

Издавач
Globland Books
27 Old Gloucester Street
London, WC1N 3AX
United Kingdom
www.globlandbooks.com
info@globlandbooks.com

Насловна страна
Детаљ са фреске
Други долазак (Страшни суд)
Власиос Тсотсонис
Манастир Светог Стефана (Метеори, Грчка)

www.ingramcontent.com/pod-product-compliance
Lightning Source LLC
Chambersburg PA
CBHW071023180726
48291CB00004B/1591